어머니의 황혼

어머니의
황혼

채계화 시집

좋은땅

세 번째 시집을 냅니다.
항상 부족하고 부끄럽습니다.
그래도 시를 쓰고 싶습니다.

나의 생활은 긍정적이고 행복한 사람입니다.
그 행복이 빨강이거나 노랑이 아니고
아련한 연보랏빛입니다.

기쁘고 즐거운 가운데서도 항상
아련한 슬픔이 함께합니다.

나의 시는 슬픈 감정이 좀 배어 있습니다.
그냥 펜을 들면 저절로 슬픈 시가 쓰여집니다.
내가 생각해도 잘 알 수 없습니다.

내 시를 읽는 독자분들 이 시를 통하여
슬픈 가운데서도 위로와 기쁨을
찾으시면 좋겠습니다.
감사합니다.

2023년 가을
난간 채 계 화

목차

제 1 부

저절로 핀 꽃

바람이 실어다 주었나
새가 물어다 주었나
저절로 나서 저 혼자 핀 빨간 꽃
어쩜 그리 예쁠까

야들야들한 꽃잎 노오란 꽃술
눈부시게 어여쁜 꽃 한 송이
고맙기도 해라
늙은이의 정원 적막강산에
네가 찾아왔구나

어제도 방긋 오늘도 방긋
너를 보는 나의 마음도 방긋

사람이 사람을 좋아하는 것
누구도 말릴 수 없네

어머니의 황혼

서녘 하늘에 노을이 붉습니다
참으로 아름답습니다
너무 고와 눈물이 납니다

엄마 늘그막 다리 아프셔서
아랫목 뭉개고 사셨지요

그때 내가 왜 어머니
다리가 되어 드리지 못했을까요
땅을 치고 후회합니다

아름다운 석양은
금방 밤을 불러옵니다

몰랐으니

개나리 진달래 수선화 목련
다 피었어요
봄 왔습니다
우리가 함께한 날들은
진달래 빛 무지개 같았지요

언제 그런 날 또 올까요

쓰러진 풀잎 세워 주고
비뚤어진 나뭇가지 바로잡아 주고
오면 가야 하는 파도의 사정 알아주고
가슴 아픈 얘기 들으며
함께 울어 준 시간이 없었네요

미안합니다
바람은 구름을 데려가는데
그걸 몰랐으니

진정 몰랐으니

2월

산다는 건 거대한
아우성 안으로 휘말리는 것

그게 어려워 도망가나요
그냥 옆에서 같이 견디면 될 일

봄 향기가 예까지 뻗치는 2월인데
어디서 그대를 찾는단 말입니까

봄바람과 함께 오세요
개울물도 얼음이 녹고 있습니다

아픔 근심 걱정 서러움 희망
모두 함께 사는 것입니다

창가의 화분

마지막 꽃 한 송이
떠나기 아쉬워 화분에
착 달라붙었다

무엇이 그리도 안타까운지
무슨 미련이 그렇게 많은지

긴 여름날 수없이 꽃송이 피웠는데
이제 그만 떠나도 될 것 같은데

햇볕은 서늘하고
바람도 쌀쌀하니
말없이 떠나도 될 듯싶은데

뒤를 보니 아깝고
앞을 보니 막막하구나

어머니의 황혼

꽃 지는 날

꽃 지는 날 서러워라
바람 불어 서럽구나

치마폭 찢기니 안쓰러워
내 마음 함께 찢기네

내년에 예쁘게 단장하고
고운 모습으로 돌아오라

더운 여름날 짜증날 때 너를 생각하고
내 마음 살포시 가라앉힌다
스산한 가을바람에 너를 생각하고
미소 잃지 않는다
춥고 서글픈 날 너를 생각하고
아랫목에서 꽃수를 놓는다

꽃 지는 날 서러워라
바람 불어 더욱 서럽구나

민들레

홀씨 되어 날아가네
노오란 봄 데리고 온 날
얼마나 기쁘던지

겨울 동안 얼어붙은 땅
힘겹게 뚫고 올라오는 초록 잎
너무 예뻐서 내 마음 슬퍼라

봄이 가고 있네
바람 타고 멀리 가네
나 따라가고 싶어라

사람 마음 항시
움직이고 있네
땅에 두 발 꼭
붙이고 살아야 하는데

어머니의 황혼

친구여

그대는 나의 전부입니다
솔솔 부는 가을바람입니다
하늘에 꽃피는 흰 구름입니다

그대 입술은 항상 부드럽고
눈동자는 너무 맑습니다

사시사철 그대를 생각합니다
바다의 파도가 철썩이듯
끊임없이 당신은 오고 갑니다

그대는 가르칩니다
물처럼 그냥 흐르라고
들어도 모르는 나에게

꽃 진 자리

1. 봄이 가네
   꽃이 지네
   눈에 담은 내 사랑
   꽃 진 자리
   주저앉아 울고 싶어라

2. 가는 봄 어이하나
   떨어지는 꽃잎 가여워
   가슴 아파 어찌할까
   흩어진 꽃잎
   바라보며 바람만 탓하네

꿈이 있어

사랑하고 싶다
너뿐만 아니라
모두를

사람인고로 고독하다
인간인고로 사랑이 아프다
너는 알고 있지

사랑이 얼마나 힘든가를
사랑이 얼마나 슬픈지를

꿈이 시간의 흐름을 정지시키고
꿈이 머리카락을 희게 만든다
너는 알고 있지

꿈이 있어 오늘까지 살았다

나의 삶

자꾸 간다
어딘지 모르는 삶을

나이 들어도 쉬지 않고
어디론가 가고 간다

지금은 쉴 때가 아닐까
왜 모르는 길을 자꾸 가는가

멈추면 생이 끝나는 것인가
그래서 가고 또 가야 하는가

어느 날
아름다운 큰 나무 있으면 좋겠네

어머니의 황혼

태풍

지평선에 뜬 저녁 별 같은 그대
때로는 풀처럼 서럽게 산 사람입니다
왜 그렇게 슬픈 시간을 경작했습니까
슬며시 내비치는 애잔한 미소는
나의 가슴을 갈기갈기 찢어 놓습니다

세상은 항시 바람이 불지요
그러나 마주 보고 나아가야지요
피하기만 해서 되는 일은 없지요

무더운 날 그래도
해바라기는 뜨거운 태양 바라보고
웃으며 서 있습니다

용기를 내는 법을 배워야지요
때로는 태풍도 필요하니까요

그리움의 시간

봉숭아 꽃이 피었습니다
백일홍이 피었습니다
나팔꽃이 피었습니다
분꽃도 피었습니다

어머니 심으시던 아주까리
잘 자라고 있습니다
어머니 보고 싶습니다
엄마 우리 어머니

　　　　　　　　어머니의 황혼

달콤한 사람

그대는 하얀 크림같이 달콤한 사람
옳은 것은 항시 옳고 부드럽고 착한 인간
꽃 피면 그대 생각나고
소나기에 그대 얼굴 보여
예쁜 단풍 오면 그대 그리우네

우리 헤어진 지 30년
나는 할매 되었고 그대는 그대로이지

그대 있는 곳도 여름
오늘 하 더워 해바라기 바라보니
그대 미소 보이네

밤하늘 별들이 잠자고
포근한 눈 내리는 날 하얀
융단 깔아 놓은 벌판에서 우리
따뜻한 미소로 만나자

사랑하는 친구여
보고 싶은 사람아

아쉬움

가고 난 후 눈앞에
떠오르는 모습
환한 미소 장대같이
가만히 서 있는 그대 마음

항상 머뭇거리며
피는 철 늦은 꽃송이
철나자마자 떠나 버린

밤이 가고 낮이 오고
세상은 앞으로 가는데
나는 매일 뒤만 돌아보네

어머니의 황혼

인생무상

어느 날 귀뚜라미 떠나네
뒤에 남는 건 슬픔뿐

떠나는 날 미련은
두지 말아야 하네

평생을 허공에 대고
애처로움만 노래했네

제 2 부

나의 귀뚜라미 (1)

내게로 온 귀뚜라미
너의 눈이 하도 맑아서
네 몸이 너무 추워 보여서

살아온 거짓들이
한꺼번에 다 보이는 밤이다

생이 한순간인데
왜 진실이 무언지 몰랐을까

한 마리 곤충보다도
세상을 보지 못하는
가여운 인간

한잔의 커피

커피 한 모금
달콤하고 구수하고 쌉쌀하네

한 모금의 커피
상쾌하고 따뜻하고 부드러우네

인생 커피 한 잔에
기분 좋아지네
행복하네

별거 아닌 것 사람 기 살리고
정말 별거
그거는 사람 어렵게 하네

각자의 삶

따뜻한 바람 부니
봄이 왔네

두 사람 종일 방 안에서
서로를 바라보는 일로
하루는 부족하면서도 넘쳐 난다

이제 농사일을 시작해야지
한 사람은 밭으로
한 사람은 뒤뜰로

손발 시린 외로운 시간 지나고
따가운 햇살 얼굴 간지럽히니

꽃 피고 새 울어
할 일 많아지고

인생은 함께 살아도 각자의 삶이라네

어머니의 황혼

생각

고적한 인생길에서
부귀와 영화
바람 되어 날아가고
이제 오솔길만 친구 되었네

꽃이 피면 지고 새싹 나면
단풍 되어 떨어지나니
젊어서는 그걸 모른다네

무엇을 내려놓아야
몸이 가벼울까
봄이 오니 또
빛나는 별 보고파

욕심은 한이 없어도
생각은 끝을 알아야~

아름다운 눈을

1. 흘러가는 물에서
   내 재주로는 건질 것이 없구나

   평생을 살아도 빈손인 것을

   무엇이 그리 그립고
   무엇이 그리 아쉬운가

   나무는 봄부터 키운 잎
   가을 되면 내려놓고
   꽃은 열심히 피웠어도
   시간 지나면 떨구는데

   그걸 못하니
   버릴 줄 몰랐구나

2. 바람 불고 가랑잎 뒹구니
   차분히 풍성한 눈을 기다리자

   곧 사라질지라도
   내리는 동안 아름다운 눈을

어머니의 황혼

안착은 평화롭다

1. 집으로 돌아오는 길
   아카시아 향기는 여름이 옴을 알려 준다
   하얀 뭉게구름 산 쪽에서 피어오르고
   내 발길 집으로 흐른다

   방에 들어오니 아직은 따뜻한 방바닥이 좋다
   방석 깔고 앉아 평안함 즐긴다

   오늘은 무엇을 저녁상에 올리나
   두부라도 한 모 사 올 걸
   주방에 드니 나는 영락없는 농부의 아내
   일 끝내고 들어올 상에 찌개라도 올려야지

   사는 게 이 맛이지

2. 밤 되어 커피 한 잔 마시면 책상이 마주 본다

   창문 열면 산들바람 코를 간지럽히고
   반짝이는 별빛 마음을 적신다

   나는 앉아서 시를 쓴다

세월

꽃 색이 바뀌니
봄이 간다

올해도 다 가네

우리는

1. 왜 맨날 그리울까
   바로 옆에 있는데
   아무 말 못 하면서

   사랑은 아파야 하는 걸까
   서로의 가슴에 꽃송이만
   얹어 줄 수는 없는 것인가

   말 한마디에 상처받고

2. 바다 넓은 가슴 자랑하고
   소나무 굳은 절개 자랑하는데
   무엇 하나 내세울 게 없네

   맛있는 거 좋은 거
   제일 먼저 건네면서
   그저 그렇게 사는 우리는

   평범한 가시버시

올해의 가을

주름살 속에
똑같은 낙엽이 진다

어머니의 황혼

소식

자목련 뚝뚝
떨어지는 날
소식이 왔다

봄이 다 가는 줄
알았는데
조금 남아 있었네

우박

우박이 쏟아진다
가을인 줄 모르고

소닥소닥 나뭇잎
따닥따닥 지붕
타닥타닥 마당
푸석푸석 무 이파리
몸도 마음도 때린다

아파서 울고
슬퍼서 울고
서러워서 운다
자꾸 맞고 자꾸 운다

우박 한 번 안 맞고
인생 다 살았노라
말할 수 있으랴

40   어머니의 황혼

따뜻한 빛

동쪽을 물들인 황금빛
서쪽까지 뻗친 환한 노랑

새벽부터 내린 눈 온 세상
가득 채운 보드라운 눈부심

쌀쌀한 바람 타고 달리는
가을 햇살 반짝임

시도 때도 없이 커피잔 앞에 놓고
마냥 행복한 찬란한 마음

슬픈 고독 슬그머니
지우는 깊은 따뜻함이어라

사는 것

행복은 조건이 아니라
양보라 하는데
그걸 몰랐네
꽃이 피면 봄이 오나
파도 일면 바람 부나
낙엽 쌓이면 가을인가
생각 없이 산 세월 후회되네

같은 일도 상대 생각하며 정성껏
화분 거름 주고 분갈이해야
간장 된장 손 한 번 더 가야
나무 가지치기해 주어야
사람 말해 무엇 하리

그게 사는 것인데

아 바람 불고 꽃송이 살랑이니
아름답게 살고 싶어라

양보

1. 무엇이나 깨지면 칼이 되네
   마음 깨지면 칼을 품게 되고
   생각 깨지면 날이 서지

   친구 관계 깨지면 날카로워지고
   부모 자식도 마찬가지
   조심하여 서로 아끼고 보듬어야

   나를 낮추고 상대를 높이고
   말처럼 쉬운 건 아니라네

2. 봄날 꽃이 피면 예쁘고
   꽃이 지면 지저분하지

   양보의 미덕은
   불변의 아름다움이라네

우리 집 정원

밤새 내린 눈
기막히게 하얀 세상
푸른 솔가지 위에도
눈꽃 쌓였네

제자리

울지 마라
고통이 있으므로
살아 있다

어찌 다
뜻대로 되리오

바람은 저 혼자 불고
꽃도 저 혼자 피지

어느 날
제자리 찾아
쉬고 있겠지

여름 준비
- 흥남에도 꽃을

1. 봄 햇살이 아쉬움 붙들고
   정원에 머문다
   개나리 진달래 지고
   원추리 양귀비 눈 떴다

   나는 어느새 훌쩍 커 버린
   곤드레 나물 뜯으며
   그들과 함께 한다

   봄이 가고 있다
   그동안 꽃들의 미소에
   정신없었지
   이제 간지럼 나무 수백 송이 꽃
   백 일 동안 계속 피우겠네

2. 머문 햇살에 다정히 인사해야지
   봄을 데리고 와서 행복했다고
   햇살처럼 남을 따뜻하게 하겠노라고

   햇살이여 얼마 남지 않은 봄

얼른 북으로 가서 내 고향

흥남에도 꽃을 피워다오

동화의 나라

무지개 서고
아지랑이 아롱이는
문현동* 골짝

봄이면 진달래 벚꽃
여인의 춤 장고 소리
어른의 세계는 즐거운 나라

명절마다 모든 물건
다 팔린 텅 빈 가게
돈이 자루로 가득 들어오는
범일동 시장

바람 시원하고
갈매기 날며 파도 철썩이는
해운대 신선대 바다
사람을 위해 있어라

어릴 때 본 아름다운 세상
언제 나타나는가

* 피난 시절 부산에서 살았던 동네

덕숭산 자락

수덕사 아래
산채정식
얼마나 맛있는지
나라에서 제일이다

상차림 예쁘고
나물 가짓수로
당할 자 없네

길 양쪽으로
벚꽃나무 소나무
사이사이 개나리 진달래

사찰 입구 상사화
무리 지어 누굴 기다리나

팔순 지나 찾아간 친구 집

1. 기차 타고 택시 타고
   어느 아파트 입구
   잘 키운 화분들 나를 반긴다

   거실에 들어서니
   탁 트인 정면 바라보이는 푸른 산
   깨끗하게 정돈된 실내

   밥 먹고 과일 먹고
   커피 마시고 수다 떤다

   두 팔 쭉 펴고
   드러누우니 내 세상
   이렇게 편할 수가

2. 송도 해수욕장 모래사장
   철썩이는 파도 끼룩대는 갈매기
   수평선 위로 흐르는 푸른 햇살

   잘 보낸 하루 행복한 시간
   진정한 내 편 여기 있네

어머니의 황혼

제3부

그리스도로 옷 입고

쓰라린 고통의 시간 지나
뜨거운 기쁨을 맛보리

어둠의 세계를 떠나
빛의 갑옷 입으리

방탕과 위선을 떠나
주님 안에서 승리하리

오 주님
우리를 불쌍히 여기소서
우리에게 힘을 주소서

회개

살면서 몇 가지 죄를 짓지 아니하는
사람 몇 명이나 있겠습니까

마음 한 켠에 그리움 없는
사람 얼마나 되겠습니까

가족에게 아픈 생채기 만들지 않은
사람 어디 있겠습니까

주님 이 딸의 어리석음 용서하소서
이웃을 네 몸과 같이 사랑하라는 말씀
정말 어렵습니다

그저 은혜 속에서 삽니다

찬송

찬송하라 하나님을

사랑하심을 생각합니다
선한 길로
인도하심을 믿습니다

응답 주심 감사합니다
찬양과 영광을 올립니다

봄 안개

대문을 나서니
자동차 속의
우리 둘만 보인다
신비로운 세상이다

옆에
주님 계시지요

절대 고독

고난을 행복의 열쇠라 했던가
그것이 사람을 헤집고 다니면
누군들 괴롭지 않을까

혼자는 얼마나 외로워
절대 고독을 이기기에는
누구라도 벅찬 일

인생이 대중 속에서도 외로운데
옆에 사람이 없으면 더 힘들지

누굴 기대
주님을 찾자
그분에게 맡겨야지

안식처

주여
세상은 가시밭길입니다

우리가 아둔하여
욕심이 앞을 가리고
죄악이 집을 삼키니
의지할 곳이 없습니다

우리를 불쌍히 여기시고
안식처를 주옵소서

두려움

궁핍에 빠졌습니다
어둠이 몰려옵니다
매일이 두렵습니다

어름이 쌓였습니다
북풍만 몰아칩니다
한밤이 계속됩니다

그 나라 기다립니다
내 사랑 거기에
불쌍히 여기소서

어머니의 황혼

보호자

어렸을 때 부모님
결혼하니 남편

나이 드니 기댈 데 없네
고난 가운데 앉아 있어

새벽이 되어 알았네
주님이 함께하심을

구원

나의 영혼이

죄의 가운데 있습니다

선하게 사는 자 누구입니까

근심 걱정 어찌해야 평안합니까

주님 우리를 불쌍히 여기소서

위로

나를 위로 하소서

캄캄합니다

어려움이 덮칩니다

외줄 그네 매달려
위만 바라봅니다

오 주님
우리를 인도하소서

감사

주의 생각이 내게 어찌 그리 보배로운지요*

주님을 찬양합니다
주님을 사랑합니다
주님을 믿습니다

나의 생활이 주님의 생각 안에서
이루어지게 하소서
나의 하루가 주님의 복으로 채워지게 하소서

주님 오늘은 아주 맑은 날입니다
감사합니다

* 시편 139편 17절

새사람

광야 같은 세상에
나 홀로 버려졌네

낙엽 뒹굴고 눈보라 치니
차가운 날씨 의지할 곳 없어
따뜻한 아랫목 그립구나

주님, 불쌍히 여기소서
오늘은 눈발만 날립니다
북서풍은 매섭습니다

나를 살려 주소서
새사람으로 만들어 주소서

주께서 함께하심을

몸은 메마른 나무처럼 시들고
영혼은 괴로움에 목이 탑니다

주님의 피로 산 이 몸 말씀이
새롭게 세워지는 삶을 살게 하소서

주님의 놀라운 은혜에 감사합니다
주님을 증거하는 일에 쓰소서

무릎을 꿇고 기도하오니
뜨거운 회개의 눈물을 흘리게 하소서

진정 주님의 제자 되게 하소서

어머니의 황혼

평화

주님 두터운 고통이
나를 지배합니다

나의 외로움이
죽음으로 가는 길
아니라고 일러 주소서

우리의 고통이
우리의 외로움이
하나님의 역사를 나타내는
통로라고 알려 주소서

주님
우리에게 평화를 주소서

세상 구경

오늘 생각하니
오래 살았다

이리 많이 세상 구경할 줄
누가 알았겠는가

이 세상 얼마나 좋아졌는지
이 좋은 곳을 만들어 놓은
선배들께 감사

세상이 앞으로 갈 수 있게
젊은이를 응원해 주신 주님께
진심으로 감사

제 4 부

보고 싶은 어머니

어머니 계시는 곳
내 심장 나의 핏방울

그립고 그리운 어머니
살아 계실 때 모시지 못한 안타까움
그 죄를 어디 가서 씻을 수 있을까

오늘 찌는 더위
시원한 수박 한쪽 드릴 수 있으면
붉은 수박 대신 붉은 눈물 흐른다

어머니~
심장이 터질 것 같은 그리움
어떤 말로 표현할 수 있을까

보고 싶은 어머니
우리 엄마

어머니의 황혼

그리움

삶이 남아 있는 것은
그리움도 남아 있는 것

나는 아직 그대 보고픔
내려놓지 못했습니다

해맑은 미소
부드러운 손짓
어찌 잊을 수 있습니까

그대의 모든 시간이
나에게 고스란히 녹아 있는데

곧 봄입니다
정원의 목련 피거든
그 향기와 함께 오소서

생래

세상에 태어나 기쁨만 있는 줄 안
어린 시절 참으로 그립구나

탄탄대로만 걷고 살 거라 생각한
젊은 날 넓은 들판만 보였지

바람 불고 구름 흘러
세월 흐르니
서러운 일 슬픈 일이 많구나

인생이 거기서 거기인걸
밤하늘의 이름 없는 별이 되고 싶네

　　　　　　　　　　　　　　어머니의 황혼

겨울 초입

가을바람 분다

애타는 것들은 그렇게
가을 서리처럼 차가워지고
살아온 날들은 한쪽 귀퉁이에 서서
나를 빤히 쳐다본다

무엇이 그토록 애달프며
무엇이 그렇게 서러우냐

가랑잎들은 한쪽으로 쏠리고
생각들은 여러 갈래로 흩어진다
눈발이 날려야 차분해지고
가엾은 귀뚜라미는 쉴 곳을 찾는다

이제 겨울인가 보다

바다가 그리워

바다에서 태어났나
철썩이는 파도 소리
끼룩끼룩 갈매기 울음

내 고향 흥남 부두 도시
피난살이 부산 부두 도시
어릴 때 가 본
해운대 신선대 태종대 송도
그바다 그모래 그파도
아버지와 함께한 시간
어머니 동생들과 함께한 그날
눈 감아도 떠도 보이고
들리는 동생들의 웃음소리

솥단지 싸 들고 버스 타고 다니던
그 여름 어디 가서 찾을까

보고 싶다 그 세월
그리워 그리워
가슴 미어지네

어머니의 황혼

무심

무심해야지
복잡한 세상 얽히면
더욱 어려워지네

마음은 제 마음대로이나
붙들어 옆에 앉혀 놓아야 하네

겸손을 배워야지
한 계단도 오르지 말아야지
밑을 보며 살아야 하네

모든 게 어려우니
눈을 아래로 향해야지
욕심을 내지 말아야 하네

별을 따 오는 재주도 없는데

친구

구름 낀 날 입 다물었다
비 올 때 참았다
진흙탕 뒹굴 때 삼켰다

손잡고 구름 보고
바람 맞으며
꽃동산 거닐었네

폭풍 불고 홍수 나도 함께해야지
낙엽 지고 눈보라 쳐도 함께 가야지

오늘 고마운 친구 생겼네
마음속 가장 향기로운 자리에
너를 앉히고
우리 함께 단풍놀이 가세나

어머니의 황혼

봄이 왔는데

들키지 않고 돌아앉아
마냥 울고 싶은 오늘

그대 보이지 않고
새잎도 나지 않는데
봄이라 하네

흐느끼는 빗소리에
나무만 춤추네

우리 손잡고

목숨이 허깨비처럼 바람에 날려도
생명이 있는 한 어찌 그대 잊을까

잘 생긴 참나무처럼
향기로운 백합처럼
항상 내 곁을 지켜 온 사람

따사로운 봄볕이
그대 데리고 왔나

잔디 위에 앉아 새로 나오는 풀잎 보며
그대 생각하고 구름 한 번 쳐다본다

우리 손잡고 아지랑이 아물거리는
봄들을 거닐자
들판 끝 보이지 않는 곳까지

어머니의 황혼

기쁨도 슬픔도

아무리 둘러보아도 밋밋한 시간들
기쁨도 슬픔도 쌓이지 못하는 썰물

넓은 바다 아무 곳에도
내 진주는 없는 것인가

부딪히고 깨지며
아픔도 외로움도 있었는데

지나간 세월은
아득하여 둥글기만 하네

외로움

내 속에서 언제나 떠나지 않는
외로움으로 나는 슬프다

외로움은 언제 어디서 나를 찾아왔는지
어느 가을날 경복궁 뒤뜰에 코스모스
수만 송이 피어 바람을 타던 날부터인가

나를 흔들고 나와 함께 생각하고
항상 같이 있는 너
나보다 나를 잘 아나 보다
한발 앞서 내 감정을 지배하니

기뻐해야 할 때도 슬그머니 나타나고
즐거워서 웃고 있는데도
빤히 쳐다보고
그래서 항상 슬프다

외로움은
속 감정이고 또 다른 나이며
기쁨과 함께 있는 슬픔이다

어머니의 황혼

가을바람

쌀쌀한 바람
귀뚜라미 날개 위에도
한밤중 귀뚤귀뚤
쉴 새 없는 울음소리

추워서 슬퍼서 보고 싶어서
목청 터지게 불러 본다

그대 언제 오시나
북풍한설 눈보라
몰아치고 모두가
고요히 조용한 뒤에나

내 사랑

저녁이 다 되어서 알았네
그대가 내 사랑인 것을

추위에 떨며 걸어가는
가늘은 그림자

눈 내린 밤
벌벌 떨며 잘 곳 찾는
버려진 강아지
맨발로 서 있는 자귀나무
앙상한 손가락 길게 뻗어
갈 곳 찾는 아카시아

햇살 안 비쳐 보이지 않는 구석
어두운 밤길도 내 사랑인 것을

나뭇잎

구르는 가랑잎
서러워

연두색 뿔은
하늘 찔렀다

무더운 여름도
견딜만 했는데

북풍에 어름 어니
눈물 나네

보고 싶구나

함께하지 못했을까
슬플 때 눈물이 되고
어려울 때 손이

아무것도 몰랐을까
얼마나 어려운지
숨이 막히는지

가장 가까운 곳에서
제대로 보지 못했을까

하늘은 파랗고
뻐꾸기 슬피 울어
보고 싶구나

진정 보고 싶구나

산들바람

그대 생각하는 마음 흐려져 갑니다
모든 시간 속에서 함께한 꽃
아름다웠던 순간의 산들바람

추억이 구름 되어 사라집니다
정원의 나무 바다의 갈매기
집 앞에서 하늘거리는 코스모스

함께한 순간의 기억이 떠나갑니다
태풍에 밀리고 눈보라에 치여서
귀뚜라미 울음 속에서

어찌합니까
세월이 흐르고 있습니다
지구가 기울고 있어요

제5부

지구를 떠나는 날

바람은 고요하고 마음은 조용하네

너를 생각 못 하는 일
친구에게 안부 묻지 못하는 일
예쁜 하늘 못 보는 일

떠나는 것은 두렵지 않으나
아쉬운 일이 왜 이리 많은가

봄에 나는 새싹 위의 이슬방울
가을에 곱게 물든 단풍잎
그것이 아까워

저 바람에 흔들리는 나무
다시 못 볼까 봐

언제쯤이면 너를 잊고
미련을 털어 낼 수 있을까

어머니의 황혼

연습

하늘은 높고 땅은 낮네
지구는 여전히 돌고

겨울 가고 봄이 오니
따뜻한 바람 분다
기운을 돋구자
땅에서 새순이 내미니

이제 곧 꽃이 피겠지
모든 꽃을 무조건
좋아하는 바보

시름 잊고 슬픔 건너서
미소 짓는 연습이라도

석양

아름다운 석양
봄의 저녁노을
만추의 가을
지는 노을 속으로
나는 떠나리

힘들었던 여행
아름다운 풍경
길고 길었던 꼬부랑길

너와 함께했을 때는 즐거웠어
아니 너무 힘들었어

이제 모든 것은 끝났어
쉬어야지

별 반짝이고
나뭇잎 흔들리는
바람 불고 꽃이 고개 숙인
저녁에

　　　　　　　　　　어머니의 황혼

한 줌의 추억을 뒤로하고
나는 길 떠나리

알 것 같았는데

새순 돋고 꽃 필 때는
모든 것 알 것 같았지

장대비 지나고 잎사귀에
고운 물 드니 아는 건지 모르는 건지

삭풍에 가랑잎 뒹구니
점점 알 수 없네

흰 눈 쌓이고 세상이 고요하니
모르는 것투성이

흐르는 구름 보고 있으니
한 치 앞도 알 수 없어라

희망

나이 드니 목소리에 힘이 없네
그래도 돌아갈 집이 있지

사람은 자기만의 꽃을 피우기 전에는
아무도 눈길을 주지 않는다

구석진 곳에 혼자 살지 않으려면
노력하여 자기 세계를 구축해야 한다

봄에는 제비꽃이 예쁘고
가을에는 코스모스 아름다워

황혼도 예쁜 저녁놀 아닌가

나의 귀뚜라미 (2)

나의 귀뚜라미를 꽃병에 꽂았다
비로소 웃으며 하늘을 난다

하늘에서 별이 되어
겨울 눈과 함께 여행한다

바다를 건너고 산을 넘어
들판으로
오랜만에 웃음소리를 듣는다

내 슬픔 꽃이 되어
가슴속에서 녹아내리네

삶

언제 쓰러질지 모르는 풀
꽃 피고 열매 맺는다

너는 왜 그리 서두르냐

봄 가면 여름 오고
가을 가야 겨울 온다

급할게 무어냐
살아 보는 거다

그냥 살자~

아름다움이란

세상은 늘 바람이 분다
바람 타고 구름 흐른다
구름 보면서 강물 넘친다
강물 보고 나무 춤춘다
나무 보고 꽃잎 흩어지고

나는 바람을 탄다
바람 보면서 별을 생각한다
별 보면서 달을 사모한다
달 보면서 시를 쓰고

시가 나를 산골짜기로 데리고 간다
산골짜기는 들을 건너 바다로 흐르고

바다가 고향이다
시의 자궁이고
나의 가슴이며
모두의 정착지다

사람은

어머니의 황혼

종달새의 노래같이 슬프고
이름 없는 들꽃처럼 외롭고
반짝이는 별빛보다 아름답다

햇살의 인사

우울한 마음
아침 햇살 인사받고
나도 따라 웃어 봅니다

지난밤 꾼
악몽 날려 버리라고
해님은 창가에 왔습니다

우중충한 기분 접고
따뜻한 하늘 바라봅니다

향기로운 봄날 덕에
풀밭의 민들레 손짓합니다
누웠던 풀잎 일어나고
봉오리 꽃 터질 거라고

잔디밭 햇볕에 앉아
고운 꿈 꾸어 봅니다

내일은 올 거라고~

앉아서 하는 상상

나비가 그늘에서 날듯이
나는 방 안에 앉아 있다 쓸쓸히

평생 나무 아래만 서 있나 보다

바다에는 언제 가 보았던가 산에는
별 구경은 언제 해 보았는가
꽃도 필 때 바라보아 주어야 하지 않나
날도 따뜻하여졌는데

비 그쳤으니 조금 움직여야지
나무 튼튼히 서 있고 풀 고개 드니
낼모레면 그도 저도 못할지 누가 아는가

오미크론

코로나19 바이러스 온 세계를 떠돌다
우리 집에도 찾아왔네

목 아프고 기침에 오한
누워도 앉아도 몸이 괴롭다
마음도 언짢다

꽃샘추위가 나를 더욱 힘들게 하네
스산한 바람 지난가을 떨어져
남아 있는 잎새들을 흩날린다

아 내 삶도
떨어지고 밟히고 사라지겠지
결국 한 줌 흙인 것을

한 점 소망은
사는 날까지 아프지 않기를
오미크론 지구상에서 소멸하기를~

비움

비움으로 채워진다 한다
두려움과 혼란으로 심란하다

어떻게 비우는가
보는 것마다 욕심인데

무엇을 버려야 하는가
가진 것 모두 중요한데

세상을 가지고 갈 수 없다
결국은 빈손인데

알면서
알면서

좋았던 날

1. 봄비 내리니
   나무들 좋아서 춤춘다

   어릴 적 보았던
   따뜻한 화로와 아랫목 생각난다

   어머니는 화로 잿불에
   언 사과 구워 주셨다
   세상에서 가장 맛있는 간식이라네

2. 그 세월 다
   어디로 간 것인가
   늘그막 나는
   창을 마주하고 앉아 하늘만 쳐다본다

   밖에는 온갖 꽃들이 피어나건만
   마음속의 꽃은
   피지 못하고 입을 오므리고 있다

   힘내야지

어머니의 황혼

하늘에 별이 있고 바다에 갈매기 나니
좋았던 날 생각하고 즐겁게 살아야 하네

원피스

주야장천 바지만
입던 내가
원피스 입고 모자 썼다

남편 친구 방금
불란서에서
귀국한 분 같습니다

아 기분 좋아

이런 날도 있네~

어머니의 황혼

어머니의 향기

재 속 불
사과 굽는 화로

그 맛 어찌 잊으리

그 사과 다시
먹고 싶다

그 냄새도

쉬어도 좋으리

바위 같은 침묵 안다면
나의 길 달라질까

매사에 바람 타고
구름 바라보며 살았네

산은 말없이 그 자리에 있고
강은 조용히 자기 길만 가는데
나는 그렇지 못했네

눈보라 다 지나갔으니
가만히 쉬어도 좋으리

귀뚜라미를 데리고

나는 귀뚜라미를 데리고 어디로 가고 있는가
연약한 날개
연약한 몸
연약한 더듬이
험한 바위 산을 어찌 오르려고

가을 가고 겨울 오기 전
마음 조급해서
뛰어야 할 것 같다

쌀쌀한 바람 휑하니 부네
들판에 가슴에
낙엽은 이리저리 뒹굴고
나무는 옷을 벗는다

차가운 날씨 이제 귀뚜라미는 울 힘도 없다
이리 가고 저리 가도
길은 끝이 없네

날은 저물고
이제 우리는 쉬어야 하지 않을까

사월의 연두

네가 거기 있었구나
추운 겨울 북풍
어찌 견디고 찾아왔네

너를 얼마나 기다렸는지
네가 얼마나 보고 싶었는지

땅이 꽁꽁 얼고
눈보라 칠 때에
너를 잊었구나

망가진 세상을
네가 바로 세우네
가슴 뛰는 연둣빛으로

새해

당신이 오고 있습니다
과거를 몸에 두르고
미래를 두 손에 들고

올겨울 따뜻하여 나는
매일 눈 녹는 마음을 씁니다

생은 위대하며
만남은 오묘합니다

창을 열 때마다
내게로 오는 당신을 봅니다

웃는 날

모든 것이 잘될 거야
고운 할머니 될 거야
웃으면서 살 거야

사랑하며 살 거야

슬픔의 여로, 또는 슬픔의 문 열기

난간 채계화의 시 세계

신익선

문학평론가 · 문학박사

1. 슬픔의 스크린

난간欄杆 채계화蔡桂花 시詩의 스크린에 비친 도드라진 색채는 '아련한 연보랏빛'이다. 삶이 아늑하다는 것이다. 게다가 '생활은 긍정적이고 행복(「시인의 말」일부)'하다고 한다. 삶이 행복한 것이다. 늘 그런 상태이다. 부족함이나 불편함이 없는 안락한 노후를 즐기는 나날들이다. 그러나 어찌 된 일인가. 팔순八旬을 지나 해로解老하는 동반자인 남편과 효도하는 자녀와 함께 행복한 일상을 사는 순간순간 마음의 스크린에 슬픔이 뜬다. 정녕 까닭 모를 일이다. 이번에 펴내는 채계화의 세 번째 시집, 시편들의 주요 장면마다 슬픔이 산다. 환영처럼 내밀한 '슬픔'이라는 스크린 화면이 돌아간다. 그 이유를 옆자리 그 누구에게도 콕 집어 설명할 수 없다. 그래서 서문에 해당하는 '시인의 말'처럼, '기쁘고 즐거운 가운데서도 항상/아련한 슬픔이 함께'한다고 고백한다. 연이어 덧붙이기를 '그냥 펜을 들면 저절로 슬픈 시가 써진다.' 한다. 시의 궁극은 인간의 정신이 문자로 환원되는 현상이다. '슬픈 시'가 써지는 이유는 정신의 저 깊은 심연의 정서 탓이다. '봄'이 와도 '봄'을 잊는, 슬픔 타래가 얼기설기 얽혀서이다. 그 타래의 실마리를 보자.

들키지 않고 돌아앉아
마냥 울고 싶은 오늘

그대 보이지 않고
새잎도 나지 않는데
봄이라 하네

흐느끼는 빗소리에
나무만 춤추네

- 「봄이 왔는데」 전문

홀씨 되어 날아가네
노오란 봄 데리고 온 날
얼마나 기쁘던지

어머니의 황혼

겨울 동안 얼어붙은 땅

힘겹게 뚫고 올라오는 초록 잎

너무 예뻐서 내 마음 슬퍼라

봄이 가고 있네

바람 타고 멀리 가네

나 따라가고 싶어라

사람 마음 항시

움직이고 있네

땅에 두 발 꽉

붙이고 살아야 하는데

-「민들레」 전문

   슬픔 타래는 실타래처럼 얽혀 있다. 슬픔이 마음의 다락방 한구석에 웅크리고 있다. 어려서 소꿉장난하며 언제나 뛰어올라 가서 놀고 숨바꼭질하던 유년의 다락방은 아무리 세월이 가도 그 호젓함과 친밀감으로 뇌리에서 사라지지 않는다. 여기에 슬픔이 들어와 있다. 이유 없을 리 없는 슬픔이다. '들키지 않고 돌아앉아/마냥 울고 싶은' 이유는 슬픔의 영상 때문이다. 문밖에 '봄'이 와 있다. 만물이 소생하는 봄의 생명력 넘치는 현상이 사라지고 '마냥 울고 싶음'이라는 구절은 다락방에 숨겨 놓은 아련한 슬픔의 영상이다. 화자는 이르길, '새잎도 나지 않는'다고 한다. 새잎은 새 나뭇잎이다. 나뭇잎나지 않는 '봄'이 세상에 어디 있겠는가. 봄은 산야에 맨먼저 연초록 색깔로 찾아와서 봄의 도래를 알린다.

연둣빛, 연초록, '봄'의 영상은 그러나 슬픔의 스크린으로 가려 안 보인다. 이유가 제시된다. '그대 보이지않고'의 '그대'다. '그대' 때문이다. 채계화 시에서 이, '그대'는, 채계화 시의 처음부터 종편까지 줄곧 등장하고줄곧 이어지는 비밀스럽고 호기심 가득한 비의秘意이자 비의悲意다. 끊임없이 생성되는 슬픔의 타래는 여기서 발원한다. '나의 시는 슬픈 감정이 좀 배어 있다' 서문의 화두 역시 이에 귀속된다. '봄'을 바라보고 '봄'을맞는 화자의 시선은 활기차거나 명랑하지 않다. 신명넘치거나 쾌활하지도 않다. 그 반대다. 적나라하게 말하자면 울고 싶은 상태라고 한다.

종연의 '흐느끼는 빗소리에/나무만 춤추네'라는 구절은 실제로 봄비가 와서 흐느끼는 것이 아니다. 일종의마음의 상태를 쓴 것이다. 움트는 잎새의 신비감을 뒤덮는 비감悲感에 점령당한 마음은 기쁨이 아닌 '흐느낌'을 먼저 만난다. 여전히 슬픔의 스크린이 회전하는 중이다. 새로운 계절, 봄이 왔다 한들 화자는 그 봄을 느낄 수 없는 지경이다. 결국, 이 시편, 「봄은 왔는데」는아직 봄이 안 왔다는 역설이다. '봄'은 그러나 누가 뭐래도 '봄'이다. 봄의 역동성은 새잎이 돋고 꽃이 피며 '씨

방'을 익혀 가는 데 있다. 식물이 꽃을 피우는 까닭은 씨앗의 결실에 있다.

채계화 시인은 봄을 상징하는 대표적인 식물군인 「민들레」에 주목한다. 이유는 씨앗에 있다. 꽃 피고 씨앗을 익히는 데 '민들레'가 최적이라 본다. '홀씨 되어 날아가네/노오란 봄 데리고 온 날'이란 구절은 '홀씨'가 퍼트리는 봄의 생명력을 중시한 표현이다. '봄'의 생동감으로 인하여 '초록 잎'이 돋고 꽃이 피며 씨앗이 영글어 간다. 겨우내 동토의 땅에 웅크렸을 씨앗들이다. 그들이 '겨울 동안 얼어붙은 땅/힘겹게 뚫고 올라오는 초록 잎'을 냈다는 표현은 생명 소생의 표현이다. 여기까지는 평범한 전개가 이어진다. 문제는 다음 시행이다. '너무 예뻐서 내 마음 슬퍼라'이다. 생명 소생의 환희는 온데간데없다. 대신에 '슬퍼라'가 나온다. 시적 화자는 '너무 예쁜', '예쁘다'는 사실만으로도 '슬픔'을 느끼는 것이다. 예쁘다는 단순하고 간단한 하나의 사실로 다시 슬픔이 돌아가기 시작한 것이다.

이것은 단적으로 시인 자신이 내포한 참을 수 없는 슬픔에의 현시다. 이는 마치 참을 수 없는 슬픔에 몸부림치는 셰익스피어 『리어왕』의 마지막 장면 대사를 연상시킨다. 왕위를 잃고 리어왕은 5막에서 숨진 딸, '코델리아'를 안고 절규한다. "개나 말이나 쥐 같은 것도 생명이 있는데, 너는 왜 숨이 없느냐? 너는 이 세상에 돌아오지 않을 것이다. 결코, 결코, 결코, 결코, 결코!" 절망에 빠져 리어왕이 읊어 댄 '결코'는 슬픔의 무게를 나타낸다. 슬픔의 무게가 무겁다는 것이다. '결코'라는 용어를 다섯 번이나 반복하는 이유는 죽음의 무게에 대한 강조다. 이는 슬픔gaief이란 말의 어원이 무겁다는 뜻의 중세 영어 gaef와 무관치 않다. 무겁디무거워 참을 수 없을 만큼 무거운 슬픔, 이는 슬픔이 단순한 인간의 감정이 아니라 슬픔도 슬픔의 무게를 견뎌 내며 슬픔의 생을 산다는 뜻이다.

슬픔은 이렇듯 무겁디무거운 슬픔의 무게를 감당하기 위하여 남모르게 늘 재정비되는 순환의 과정을 겪는다. 그래서. '들키지 않게 돌아앉아'(「봄이 왔는데」1연) 우는 형상이 그려진다. '들키지 않게 돌아앉아 우는' 일은 다른 사람이 모르는 호젓한 비밀의 토설이다. 내밀한 슬픔을 간직한 상황의 전개이다. 아무도 모르는 일이다. 그리고는 다시 '봄이 가고 있네/바람 타고 멀리 가네/나 따라가고 싶어라'라는 슬픔을 동경하는 새 유토피아가 등장하게 된다. 현세의 안락함과 안온함, 일체에서 벗어나 봄바람을 따라가겠다는 것인가? 아니다. 화려한 봄의 아름다움을 버리고 기꺼이 슬픔의 근원지로 따라나서겠다는 것이다. 슬픔의 영토에 잠입하여 기꺼이 슬픔의 포로가 되겠다는 것이다.

그곳이 어디인가. '삶이 남아 있는 것은/그리움도 남아 있는 것//나는 아직 그대 보고픔/내려놓지 못했습니다'(「그리움」 일부)에 나오듯이 남아 있는 '그리움'의 나라다. '나는 아직 그대 보고픔'이라는 '보고픔'의 영토다. 그리하여 시적 화자는 '(누구한테) 들키지 않게 돌아앉아' 남모르게 속울음 운다. 이 속울음의 세계야말로 '슬픔'의 진원지이다. 동시에 슬픔의 안식처다. 이것이 바로 팔순에도 사라지지 않고 영상화하는 순정의 속울음이다. 지고지순의 순정인 이 슬픔은 그 누구도 모르지만 애틋하다. 호젓하며 아늑하다. 이런 슬픔의 영상, 슬픔의 속울음은 그리하여 채계화 시 세계를 채색하고 있는 고요하고도 내밀한 서정이자 정겨운 풍경이라 할 것이다.

2. 슬픔의 위로

「강남의 나팔수」, 「혈서지원」 등등의 노래로 친일 가수라는 논란에 휩싸인 경상남도 진주 출신의 가황歌皇고 남인수 선생의 첫 곡이 저 유명한 「애수의 소야곡」이다. 선생은 이 노래로 일약 한국 최고의 유명 가수로 발돋움했다. 데뷔곡을 발표하자마자 국민의 애창곡이 된 일도 처음이다. 전무후무한 일이었다. '운다고 옛사랑이 오리오마는 눈물로 불러 보는 구슬픈 이 밤'으로 이어지는 선생의 노래는 언제 들어도 심금을 울리는 마력이 있다. 채계화 시인의 이번 시집에 등장하는 일련의 대다수 시편은 꾸밈없이 직설적이다. 애틋한 사연이 구구절절 담백하게 사실화하여 이해가 수월하다. 만일,

작곡가가 곡曲만 붙인다면「애수의 소야곡」에 못지않은
감흥을 불러일으키는 시편이 즐비하다.

함께하지 못했을까
슬플 때 눈물이 되고
어려울 때 손이

아무것도 몰랐을까
얼마나 어려운지
숨이 막히는지

가장 가까운 곳에서
제대로 보지 못했을까

하늘은 파랗고
뻐꾸기 슬피 울어
보고 싶구나

진정 보고 싶구나

-「보고 싶구나」전문

내 속에서 언제나 떠나지 않는
외로움으로 나는 슬프다

어머니의 황혼

외로움은 언제 어디서 나를 찾아왔는지
어느 가을날 경북궁 뒤뜰에 코스모스
수만 송이 피어 바람을 타던 날부터인가

나를 흔들고 나와 함께 생각하고
항상 같이 있는 너
나보다 나를 잘 아나 보다
한발 앞서 내 감정을 지배하니

기뻐해야 할 때도 슬그머니 나타나고
즐거워서 웃고 있는데도
빤히 쳐다보고
그래서 항상 슬프다

외로움은
속 감정이고 또 다른 나이며
기쁨과 함께 있는 슬픔이다

-「외로움」 전문

먼저, 「보고 싶구나」, 시편은 봄에 창작되었다. '하늘
은 파랗고/뻐꾸기 슬피 울어/보고 싶구나//진정 보고
싶구나' 나오는 '뻐꾸기' 울음은 이 시편의 창작 정황이
봄날임을 말하고 있다. 노년에 접어들수록 맞는 '봄'이

신비롭기만 하다. 다음 해에도 이 봄을 만날 수 있을지 회의하기 때문이다. 천천히, 그리고 찬찬히 봄 풍경을 살핀다. 그러나 시적 화자는 봄에 대하여 무관심하다. 봄의 정경 역시 관심 밖이다. 한세상을 살아가면서 사람의 눈물만큼 아름다운 게 있을까. '손'보다 더 정교한 것이 있을까. 그 '눈물'과 '손'을 거명하면서, '함께하지 못했을까/슬플 때 눈물이 되고/어려울 때 손이'라면서 '함께하지 못한' 과거 회상의 아픔을 노래하고 있다. 물론 이 시행 속에는 숨겨 놓은 그대가 생략되어 있다.

　여기서 '슬플 때 눈물이 되는' 일은 대상과의 동화同化를 의미한다. 짙은 안개가 숲의 나무를 흡입하여 하나의 동체로 흘러가듯이 슬픔과 눈물의 일체화를 짚으면서 그를 실행 못 하였음을 적는다. '어려울 때' 따스한 손길로 동화되어야 하는데 그렇지 못하였다는 것이다. 이 시편에서 '눈물'은 단순히 뺨을 타고 내리는 눈물이 아니다. 동행과 동화, 심연心淵과 심지心池의 서사다. 말라붙어 더 흘러내릴 수 없는 눈물의 적시다. 항시 곁에 있는 '보고 싶음'의 대상은 '가장 가까운 곳에서/제대로 보지 못한' 어떤 대상이다. '보고 싶음'의 연속으로 미루어 그 대상은 분명히 생략된 단어, '그대'일 것이다. 어떤가. '하늘은 파랗고/뻐꾸기 슬피 울어/보고 싶구나//진정 보고 싶구나' 이 구절을 후렴구로 삽입하여 곡을 붙인다면 이 시편은 한 소절의 '보고 싶음'을 노래하는 소야곡이 되기 족하리라.

간절한 '보고 싶음'은 감정이입感情移入의 과정을 거쳐 화자에게 다시 '외로움'으로 직결된다. '내 속에서 언제나 떠나지 않는/외로움으로 나는 슬프다' 지경에 이르는 일은 치통이나 두통처럼 일종의 통증을 수반한다. 평이하거나 단순한 일이 아니다. 더더구나 '기뻐해야 할 때도 슬그머니 나타나고/즐거워서 웃고 있는데도/빤히 쳐다보고/그래서 항상 슬프다'라는 상황은 시도 때도 없이 찾아오는 불가항력의 손님을 표현한 시어이다. 그 손님은 '슬픔'이다. 이 '슬픔'이. '나를 흔들고 나와 함께 생각하고/항상 같이 있는 너/나보다 나를 잘 아나 보다/한발 앞서 내 감정을 지배하니'라면서 숫제 '슬픔'을 자신이라는 개체 이상의 우위에 존재하는 초월자로 인정하기에 이른다.

자고로 무수한 시인들이 '슬픔'을 노래한 바 있다. 그렇더라도 채계화의 이러한 시어 구사는 매우 드물게 읽는 시행이다. 드문 게 아니다. 거의 유일무이하다. 초유라 하여 과언이 아니다. 통상 시인들은 시 창작에서 슬픔의 시어는 배제하는 경향이다. 이 시집에 기술된 대로 시편 속으로 시인이 들어가서 화자를 통하여 분출되는 '외로움으로 나는 슬프다'라든가, '그래서 항상 슬프다'라는 토설은 단도직입의 진솔한 시행들이다. 그러면서 채계화는 외로움의 정의를 내린다. 그것은 '외로움은/속 감정이고 또 다른 나이며/기쁨과 함께 있는 슬픔이다'라 한다. '외로움'이란 나 자신이라는 것이다. '외로

움'의 궁극의 '슬픔'이라는 것이다. 여기서 '기쁨과 함께
있는 슬픔'이라는 시행은 생의 깊숙한 이면을 들여다보
며 쓴 채계화 시인이 일평생에 걸쳐 살아온 삶의 이력
서다.

　일순간에 팔순이 지난 삶을 살아오면서 체득한 '외로
움'은 '슬픔'에 다름 아니다. 슬픔은 순환 구조를 거치면
아름다운 향기가 묻어 나오는 그 무엇이다. 이리하여
'외로움'과 '슬픔'의 시어의 행진은 계속된다. 따스하고
다정하며 아늑하기만 한 '슬픔'은 언제나 동반하는 반려
이다. 무엇보다 채계화에 있어 슬픔이란 절대로 도망치
거나 회피해야 할 대상이 아니다. 오히려 '슬픔'이 있는
삶이야말로 참삶인 동시에 아름다움, 그 자체라는 것이
다. 다시 그런 시편을 보자.

　　　세상은 늘 바람이 분다
　　　바람 타고 구름 흐른다
　　　구름 보면서 강물 넘친다
　　　강물 보고 나무 춤춘다
　　　나무 보고 꽃잎 흩어지고

　　　나는 바람을 탄다
　　　바람 보면서 별을 생각한다
　　　별 보면서 달을 사모한다
　　　달 보면서 시를 쓰고

시가 나를 산골짜기로 데리고 간다
산골짜기는 들을 건너 바다로 흐르고

바다가 고향이다
시의 자궁이고
나의 가슴이며
모두의 정착지다

사람은
종달새의 노래같이 슬프고
이름 없는 들꽃처럼 외롭고
반짝이는 별빛보다 아름답다

- 「아름다움이란」 전문

세상은, '바람이 불고, 구름 흐르고, 강물 넘치고, 나무 춤추며, 꽃잎 흩어지는' 마당이다. 화자는 이 세상에 살면서 '구름을 탄다'고 한다. 구름을 올라타는 뜻이 아니다. '탄다'라는 문장은 연주演奏의 개념이다. 바람을 연주하면서 '별을 생각하고, 달을 사모하다가 달 보면서 시를 쓰는' 것이 연주다. 별을 생각하고 달을 사모한다는 것은 숨겨졌거나 생략된 주어이자 밀어인 '그대'가 있다. 별을 생각하고 달을 사모하는 일은 그 저변에 이미 그리움이라는 불망의 밀림지대가 숨 쉬고 있다. 종연의 '슬프고, 외롭고, 아름다움'의 물상은 '사람'이다. '아름다움'의 정의는 결국, '사람'인 것이다. 그렇다면 어째서 '슬프고, 외롭고, 아름답다'라는 것인가. 이는 부재不在의 다른 표현이다.

부재는 사라짐에 기인한다. 존재의 증발이다. 지상의 모든 일, 모든 사물, 모든 존재는 사라지고 마는 것이다. 자신, 자아라는 존재도 늦든 이르든 사라지는 유한의 존재인 것이다. 사라짐의 존재이기에 '바다가 고향이다/시의 자궁이고/나의 가슴이며/모두의 정착지'라는 인식 역시 '사람은/종달새의 노래같이 슬프고/이름 없는 들꽃처럼 외롭고/반짝이는 별빛보다 아름답다'라는 인식으로 변모하게 되는 것이다. 사라짐의 카테고리에는 삶은 물론 슬픔도 들어 있다. 출구가 없을 듯이 이어지는 슬픔의 회로도 멈추고, 모든 삶은 모든 슬픔과 더불어 언젠가 사라지고 마는 것이다.

그래서 마치 유언과도 같은 이 시집 시편을 창작하면서 채계화는 슬픔과 동행하며 살아온 삶의 즐겁고 행복하였던 '추억'과 더불어 슬픔이 살아온 인생이라는 여로의 무상함을 절감한다. 한 편의 시는 한 송이 꽃의 유서가 아닐까. 채계화는 그런 시편을 남긴다. '어느 날 귀뚜라미 떠나네/뒤에 남는 건 슬픔뿐/떠나는 날 미련은/두지 말아야 하네/평생을 허공에 대고/애처로움만 노래했네'(「인생무상」 전문)라는 시편이 그것이다. 이 시편 이외에도 석양에 걸친 해가 떨어지고 나면 찾아들

밤처럼 미구에 다가오실 죽음을 고요하고 그윽하게 바라보는 시편이 상당하다.

> 별 반짝이고
> 나뭇잎 흔들리는
> 바람 불고 꽃이 고개 숙인
> 저녁에
> 한 줌의 추억을 뒤로하고
> 나는 길 떠나리
>
> -「석양」일부

> 저 바람에 흔들리는 나무
> 다시 못 볼까 봐
>
> 언제쯤이면 너를 잊고
> 미련을 털어 낼 수 있을까
>
> -「지구를 떠나는 날」일부

'나는 길 떠나리', '지구를 떠나는 날' 등의 표현은 영원한 외출을 바라보는 눈길을 담은 시편들이다. 올 때가 있으면 갈 때도 있는 법이다. 사람은 누구나 마지막으로 들 처소가 있는 것이다. 셰익스피어는 사랑하는 아들, '햄릿'을 잃었다. 미칠 일이었다. 아들 햄릿은 고작 열한 살이었다. 아들이 죽은 그해(1596년)에 셰익스피어는 즉시 희극을 썼다. 「존 왕」이다. 이 작품에서 '콘스탄스'라는 여인을 등장시켜 어린 아들을 잃은 지극한 슬픔을 말하게 한다. '슬픔은 떠나간 아이의 빈 방을 채우고/아이의 침대에 눕고 나와 함께 서성거리고/아이의 귀여운 표정을 짓고/아이가 하던 말을 흉내 내어 말하고/아이의 사랑스럽던 몸 구석구석을 떠올려 주고/아이의 형상이 되어 주인 잃은 아이의 옷을 걸치네'라고, 슬픔의 생생한 모습을 그렸다. 햄릿은 셰익스피어의 외아들이었고 셰익스피어가 32살이었을 때다. 여기에서 '아이'라는 명사는 채계화의 '슬픔'에 다름 아니다.

「석양」과 「지구를 떠나는 날」은 그러한 지극한 슬픔이 종료되는, 다소 생경하면서 익숙한, 실제적인 시점의 기록이라 하겠다. 이 시편들은 그리하여 애절하고 간절한 채계화의 기도祈禱라 하여 무방하다. 유일신인 하나님께 기도드리듯이 창작된 시편들인 것이다. 셰익스피어가 아들을 잃고 작품에서 그 아들을 쓰듯이(셰익스피어의 작품, 『햄릿』도 포함) 누구든지 슬픔을 이해하는 자신만의 길을, 방법을 찾아야 한다는 채계화의 메시지이기도 하다. 슬픔을 노래하고 슬픔에 친숙한 시편들은 슬픔을 이해하고 슬픔을 위로하는 첩경이기도 하다. 채계화의 일련의 다수 시편은 이렇듯 몸소 슬픔에 익숙한 시 세계를 가진 채계화 시인이 던지는 슬픔에 대한 행로

어머니의 황혼

이자 슬픔에 대한 정성 어린 위로의 전언이라 하겠다.

3. 슬픔의 귀향지

사라지지 않는 슬픔을 써 가는 시집의 최종 귀향지로 채계화 시인은 '신앙'을 택하게 된다. 다 그렇겠지만 채계화의 신앙은 사느냐, 죽느냐의 문제를 상회하는, 또는 그 이상의 절대적 가치를 내포한다. 슬픔이 안식하는 신앙이야말로 은밀하고도 지속적인 슬픔을 부릴 최적의 공간이자 구원이기 때문이다. 슬픔을 통째로 의탁하고 의지할 수 있는 까닭이다. 사람의 힘으로는 어쩔 수 없는 일이므로 유일신이신 하나님께 간구하는 여정이 이 시집 제3부, 신앙 시편에 그대로 녹아 있다.

어렸을 때 부모님
결혼하니 남편

나이 드니 기댈 데 없네
고난 가운데 앉아 있어

새벽이 되어 알았네
주님이 함께하심을

- 「보호자」 전문

살면서 몇 가지 죄를 짓지 아니하는
사람 몇 명이나 있겠습니까

마음 한 켠에 그리움 없는
사람 얼마나 되겠습니까

가족에게 아픈 생채기 만들지 않은
사람 어디 있겠습니까

주님 이 딸의 어리석음 용서하소서
이웃을 네 몸과 같이 사랑하라는 말씀
정말 어렵습니다

그저 은혜 속에서 삽니다

-「회개」전문

쓰라린 고통의 시간 지나
뜨거운 기쁨을 맛보리

어둠의 세계를 떠나
빛의 갑옷 입으리

방탕과 위선을 떠나

어머니의 황혼

주님 안에서 승리하리

오 주님
우리를 불쌍히 여기소서
우리에게 힘을 주소서

-「그리스도로 옷 입고」전문

　위 세 편의 시편은 읽기만 하여도 내용이 선명한 시편들이다. 첨언할 단어가 없다. 그러나 자세하게 읽으면 배경이 읽힌다. 숨어 있는 배경이다. 무엇이 숨어 있는가. 「보호자」에서는 인생에서 가장 소중한 명사, 부모님과 남편이 나온다. 삶에서, 특히 여성에게 있어 좋은 부모님과 좋은 남편은 행복을 가늠 짓는 주요 잣대이다. 이는 이론의 여지가 없다. 그러나 이 시편에서 화자는 '나이'를 거론하며 자신의 처지를 말한다. '나이 드니 기댈 데 없네/고난 가운데 앉아' 있기 때문이다. 화자가 말하는 '고난 가운데 앉아 있는' 이 말은 의미심장하다. 삶이 고통스럽고 힘들다는 것이다. 이 말 속에는 겉으로 드러내 놓고 표현하지 않아서 그렇지 내면으로는 전쟁 상태라는 말과 다르지 않다. 이를테면 홀로 전쟁 중인 것이다. 싸움이 치열한데 '보호자'가 없다는 말이기도 하다. 황혼은 물론 초저녁에서부터 새벽에 이르도록 싸움과 불안의 도는 높아 갔다. 그때다. '새벽이 되어 알았네/주님이 함께하심을'이라는 이 시편의 종연이 시작된다. '주님'이 해답인 것이다.

이런 경우는 「회개」에 이르러서는 더욱 뚜렷하다. 화자는 '주님'과 대화한다. 말이 대화이지 실제는 맞붙듯이 말대면 한다. '살면서 몇 가지 죄를 짓지 아니하는/사람 얼마나 되겠습니까//마음 한 켠에 그리움 없는/사람 몇 명이나 있겠습니까//가족에게 아픈 생채기 만들지 않은/사람 어디 있겠습니까' 맞는 항변이다. 일평생을 살아가면서, '죄를 짓지 않는 사람이 없으며, 그리움 없이 사는 사람이 없고, 가족에게 생채기 만들지 않고 사는' 사람이 어디 있단 말인가.

그러다 4연에 이르러 '주님 이 딸의 어리석음 용서하소서/이웃을 네 몸과 같이 사랑하라는 말씀/정말 어렵습니다'라며 '회개'한다.

통상 건강하고 풍족할 때는 은혜를 잊는다. 고난을 겪고 절망에 빠지게 되면 그때 비로소 통절한 회개와 진정한 성찰에 이르게 된다. 다소 이상하게 들릴지 모르나 이 시집에서 특이하게 드러나는 고난, 혹은 절망이란 없다. 오히려 평온이 넘친다. 단 하나 꼬집을 수 있다면 그것은 '슬픔'이다. 눈으로 안 보이는 행복한 일상 가운데 존재하는 '슬픔'이다. 그래서 참 행복이란 눈에 보이는 안락함이나 화려함에 있지 않고 내면의 음성, 주님의 음성에 귀를 기울이는 데 있다. 그리하여 예수의 제자, '누가'도 예수 말씀을 기록하였다. "바리새인

어머니의 황혼

들이 하나님의 나라가 어느 때에 임하나이까 묻거늘 예수께서 대답하여 이르시되 하나님의 나라는 볼 수 있게 임하는 것이 아니요. 또 여기 있다 저기 있다고도 못하리니 하나님의 나라는 너희 안에 있느니라"(눅 17:20-21)를 썼다.

'너희 안'은 마음속 생각이다. 생각은 현상의 저수지다. 사람의 언행은 생각의 결과물이다. 생각이 변화하면 관점이 바뀐다. 자신이 바뀌고 우주가 바뀐다. 「그리스도로 옷 입고」 시편은 관점이 바뀐 상태를 썼다. '쓰라린 고통의 시간 지나/뜨거운 기쁨을 맛보리//어둠의 세계를 떠나/빛의 갑옷 입으리//방탕과 위선을 떠나/주님 안에서 승리하리'라면서 전투 의지를 쓴다. 남모르게 우울하고 들키지 않게 울고 하는 일 없이 '승리'를 다짐하기에 이른다. 그러나 언약하다. 혼자 힘으론 불가능하다고 본다. 그래서 등장하는 구절이 제4연이다. '오 주님/우리를 불쌍히 여기소서/우리에게 힘을 주소서' 이 구절은 어린아이로 돌아가는 심성이 읽힌다. 낮아질 대로 낮아진 겸손이 읽히는 대목이다. 위 세 편의 시편은 계속하여 숨겨진 배경을 「새사람」으로까지 끌고 간다. 시편을 보자.

> 광야 같은 세상에
> 나 홀로 버려졌네

낙엽 뒹굴고 눈보라 치니
차가운 날씨 의지할 곳 없어
따뜻한 아랫목 그립구나

주님, 불쌍히 여기소서
오늘은 눈발만 날립니다
북서풍은 매섭습니다.

나를 살려 주소서
새사람으로 만들어 주소서

-「새사람」 전문

위 시편은 「그리스도로 옷 입고」 시편의 후속편이라
할 수 있다. 겸손함의 이야기다. 겸손함의 궁극은 간구
懇求다. '나를 살려 주소서/새사람으로 만들어 주소서'
라는 종연은 애원이다. '새사람'으로 변화시켜 달라는
간절한 염원이다. '새사람'은 구약성서에서 모세가 하
나님을 대면하고 온 때와 같다. 그것은 "그러나 모세가
여호와 앞에 들어가서 함께 말할 때에는 나오기까지 수
건을 벗고 있다가 나와서는 그 명령하신 일을 이스라엘
자손에게 전하며 이스라엘 자손이 모세의 얼굴의 광채
를 보므로 모세가 여호와께 말하러 들어가기까지 다시
수건으로 자기 얼굴을 가렸더라"(출애굽 34:34-35)에서

의 '얼굴 광채'다. 시내산에서 40일 동안 아무것도 먹지 않고 모세는 빛나는 얼굴로 내려왔다.

이것이 온전한 '새사람'이다. '새사람'이 된 것이다. 수염으로 뒤덮인 모세의 품에서는 돌에 새긴 십계十戒가 빛나고 얼굴에서는 광채가 빛났다. 호렙산 떨기나무 덤불에서 신발을 벗고 타지 않는 불로 하나님을 만났던 모세가 두 번째로 하나님을 만난 것이다. 현대는 인공지능 AI가 종횡무진 활약하는 시대이다. 현재에도 이 광채의 서사는 유대교, 기독교, 이슬람교의 공통 전범으로 널리 신앙한다. 채계화 시인은 하나님을 만나는 사람, 얼굴에 빛이 나는 사람, 바로 그 '새사람'을 간구하는 것이다.

아무리 그렇더라도 현실은 여망과는 다르다. 슬픔의 귀향지로 선택하여 수십 년을 신앙생활로 다져진 반석에서도 배경은, 절대 신앙의 절대 고독, '혼자는 얼마나 외로워/절대 고독을 이기기에는/누구라도 벅찬 일//누굴 기대/주님을 찾자/그분에게 맡겨야지'(「절대 고독」 일부) 역시 품은 배경은 여전히 여일하다. '그대'다. 이것은 불가항력이다. 자신의 미래를 알려 주겠다면서 바위틈에 숨어 노래를 들려주고, 그 노래를 듣게 되면 반드시 죽는 '사이렌의 노래'처럼 숨은 배경은 사이렌의 정령 같은 '그대'다. 슬픔의 귀향은 신앙이다. 하여 전부를 바치고자 하는 절대 순종의 절대 신앙에서도 존재한다. 바로 '그대'다. '그대'는 여전히 슬픔을 발산하고 슬

품을 흡입하는 존재라는 점이다. 채계화의 '그대'의 존
재는 채계화의 모든 것이다.

그대는 나의 전부입니다
솔솔 부는 가을바람입니다
하늘에 꽃피는 흰 구름입니다

그대 입술은 항상 부드럽고
눈동자는 너무 맑습니다

사시사철 그대를 생각합니다
바다의 파도가 철썩이듯
끊임없이 당신은 오고 갑니다

그대는 가르칩니다
물처럼 그냥 흐르라고
들어도 모르는 나에게

- 「친구여」 전문

　　이 시집을 이끌고 온 '슬픔'의 서사의 의문부호인 '그
대'는 '친구'이다. 여기서 친구는 일종의 리리시즘이자
사람을 포함한 다양한 사물이다. 지상의 일체는 사라진
다는 이별과 소멸 의식이 내면을 지배하고 있다. 이 점

이 슬픔의 귀향지로 종교에 귀의하여 신실한 주님의 여종으로 살아가면서도, 신앙의 강도가 높을수록, 신앙에 몰입하면 몰입할수록, 슬픔 역시 그 강도를 더해 나가는 고뇌의 시편을 집필케 한 것이다. 깊숙한 내면에서 우러나오는 슬픔의 적시는 바로 '위로'에 있음을 자각하고 이를 표현하였다는 점이다. '내 시를 읽는 독자분들이 시를 통하여 슬픔 가운데서도 위로와 기쁨을 찾으시면 좋겠습니다'(「시인의 말」 일부)라는 서문은 이 시집이 슬픈 이들에게 주는 위로의 시편들임을 말해 준다고 할 것이다. 따라서 지속적인 '슬픔'에 대한 위로는 채계화 시 세계 중 한 단면이라 할 것이다.

4. 결어

이 시집은 시중의 서가書架에서 찾아보기 힘든 슬픔의 서사를 짚어 낸 시집이다. 이 슬픔의 외적 형식은 울음이다. 소동파蘇東坡는 시에서 감동을 얻는 일은 기技와 도道의 합치, 즉 기도양진技道兩進이라 일컫는데 이때의 표현양식을 일러 '울음'이라 보았다. 그 울음의 내적표현인 슬픔을 직시하면서 채계화는 솔직담백하게 오로지 슬픔에 천착하여 시를 쓴 숨어 있는 여류 시인이다. 채계화에 있어 '슬픔'이라는 화두는 채계화의 든든한 원군이자 무기요 굽히지 않는 힘이다. 채계화의 '슬픔'은 단지 슬픔으로 종결되는 게 아니다. 참 아름다움의 근간으로 본다. '슬픔悲'을 '아름다움과 사랑스러움美·愛'으로 바꾸는 것이다. 슬픔을 바라보고 슬픔을 견뎌 내는 사람은 아름다울 수밖에 없다. 이때의 아름다움은 이 세상의 현란함이 아닌 고요하고 그윽한 자기 응시이자 자기 성찰이다.

하여, 채계화의 세 번째 작품집인 이 시집은 좀처럼 만나기 어려운 슬픔에 경도된 작품군이 주를 이루는 삶과 시의 진경을 펼쳐 놓았다. 대개의 시인은 슬픔이라는 자기감정을 회화繪畵한다. 여러 갈래의 곡선과 직선으로 자기감정이나 생각과 표현을 은폐시켜 표출한다. 그와 반면에 채계화의 다수 시편은 시인 스스로에 놀랍도록 정직하다. 은유나 풍자, 비유나 해학에 무관하다. 매 시편들이 하나같이 처절하도록 진지하다. 간절하도록 애절하다. 사무치도록 그리워하면서 남몰래 힘겨웠던 자신의 비망록이라는 램프를 열어 놓는다. 램프의 불빛에 비친 슬픔의 빛을 낸다.

인생에는 오로지 슬픔을 겪어야만 열리는 문이 있다는 것이다. 슬픔의 문, 슬픔을 가진 사람은 새롭고 신비로운 호흡이 시작되는 문, 새로운 경험의 새 삶을 여는 문이 있다는 것이다. 그래서 예수는 '애통하는 자는 복이 있나니 그들이 위로를 받을 것임이요'라고 산상수훈에서 슬픔의 복을 논하셨다. 이는 '아파서 울고/슬퍼서 울고/서러워서 운다'(「우박」의 일부)에 다름 아니다. 신비로운 일이다. 이렇듯 울음 우는 슬픔의 서사들을 일

어머니의 황혼

컬어 슬픔의 여로, 또는 슬픔의 문 열기라 명명할 수 있으리라. 즉, 채계화의 시 세계는 집요한 슬픔에의 애정을 통하여 진정으로 슬픔에 처한 자신과 이웃을 위로하면서 슬픔의 여로, 또는 슬픔의 문 열기라는 시적 상상력의 독자성에 기대어 채계화 시의 시적 교감으로 굳건히 자리매김하고 있다 할 것이다.

어머니의 황혼

ⓒ 채계화, 2024

초판 1쇄 발행 2024년 1월 15일

지은이   채계화
펴낸이   이기봉
편집   좋은땅 편집팀
펴낸곳   도서출판 좋은땅
주소   서울특별시 마포구 양화로12길 26 지월드빌딩 (서교동 395-7)
전화   02)374-8616~7
팩스   02)374-8614
이메일   gworldbook@naver.com
홈페이지   www.g-world.co.kr

ISBN   979-11-388-2665-5 (03810)